TEXT: TORSTEN SCHULZ   ZEICHNUNGEN: NIELS SCHRÖDER

NILOWSKY

Eine Graphic Novel
nach einem Roman
von Torsten Schulz

Bibliografische Information der Deutschen Nationalbibliothek
Die Deutsche Nationalbibliothek verzeichnet diese Publikation
in der Deutschen Nationalbibliografie; detaillierte bibliografische Daten
sind im Internet über http://dnb.d-nb.de abrufbar.

© der Originalausgabe Klett-Cotta Verlag, 2013
© 2023 BeBra Verlag GmbH
Asternplatz 3, 12203 Berlin
post@bebraverlag.de
Lektorat: Matthias Zimmermann, Potsdam
Umschlag: typegerecht berlin (Titelmotiv: Niels Schröder)
Schrift: Arial Narrow
Druck und Bindung: DZS Grafik, Ljubljana
ISBN 978-3-89809-226-5

www.bebraverlag.de

Am Rande von Ostberlin,
Mitte der 1970er Jahre.

Die Qual hat aber ein Ende. Jetzt, hat sie. Bist du bereit?

Gib mir einen Stoß! So einfach ist das.

Na los!

Feigling … Drecksau.

Gegen dich Drecksau ist mein Alter 'n Waisenknabe, ist er.

„Ein Jahr war's her, dass wir in diese elende Gegend gezogen waren. Damals hätte ich mir nicht träumen lassen, jemals in der Lage zu sein, einen Menschen vor einen Zug zu stoßen. Vor einem Jahr war ich noch ein Kind."

Junge, komm! Träum nicht, pack mit an!

Hättest du über 'ne Stunde auf der Ladefläche gesessen, würdest du dich auch erst mal ausruhen müssen.

Wollte er doch so.

13

Am nächsten Morgen.

Pass auf, dass du nicht zu spät zur Schule kommst.

Frühstück steht aufm Tisch.

„Ich fühlte mich wie am Ende der Welt."

„Und das nur, weil mein Vater hier mehr verdiente als jemals in seinem Leben zuvor. Und meine Mutter war froh, dass sie so einen kurzen Arbeitsweg hatte."

Tags darauf.

„Ich wollte hier nicht ankommen. Ich wollte zurück in die Stadt."

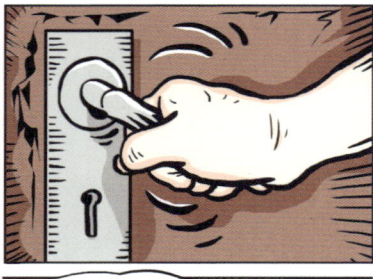

Warum schließt du denn ab? Komm, Abendbrot essen!

Hab keinen Hunger.

Kurz darauf in Markus' Zimmer.

Vergiss nicht rauszukommen, wenn du doch noch Hunger bekommst.

Später am Abend.

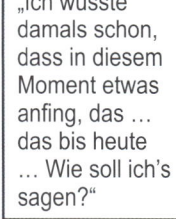

„Ich wusste damals schon, dass in diesem Moment etwas anfing, das … das bis heute … Wie soll ich's sagen?"

Komm rein! Draußen serviere ich kein Bier.

Wer bist du denn?

Könnte ihn umbringen, jetzt könnt ich das, wäre ganz einfach ... einfach zudrücken, bis er keine Luft mehr kriegt ...

Aber würde schnell gehen, zu schnell würde das gehen, das Totsein, wäre keine Qual für ihn ... Keine Qual ist nicht gut, hat er nicht verdient.

Weißt du, was 'ne revolutionäre Situation ist? Wenn's für die herrschende Klasse unmöglich ist, ihre Herrschaft aufrechtzuerhalten, weil sich Not und Elend der unterdrückten Klassen verschärfen und sich die Aktivitäten der Massen steigern, die zu historischem Handeln gedrängt werden.

Ich bin die Masse, er die herrschende Klasse. Weißt du, von wem ich das hab? Von den Revolutionären ...

21

… aus Afrika, Mozambique … die im Wäldchen neben dem Chemiewerk wohnen.

Sieg FRELIMO, Sieg Revolution!

TACK TACK

So. Das war's. Muss wieder nach vorne.

Wir verdursten.

Ein Bier, bitte.

Geh wieder! Los. Mach's gut.

23

Am nächsten Tag.

Komm her!

Die alte Drecksau ...

Schleicht um die Baracke, immer rum ... traut sich aber nicht rein, traut sich nicht, feige Sau.

Komm mit!

Werd dir verraten, warum er um die Baracke schleicht. Kommst nicht drauf ... Ist scharf wie Nachbars Lumpi. Kennst nicht das Sprichwort? Auf Neger-Wally, die hat's ihm angetan ...

Wie heißt sie? Neger-Wally?

Genau. Die ist zu Besuch ... bei den Mozambiquanern. Den Revolutionären, FRELIMO ... Und 'n paar andere Frauen auch. Die kochen da ... und feiern und tanzen, und das ist noch nicht alles, was sie da machen ...

Mein Alter, der ist scharf auf Wally. Und wenn er besoffen ist und die Kneipe zu und er glaubt, dass er allein ist, verflucht er sie. Und dabei holt er sich einen runter. Und wenn er das macht, sieht er nicht, wie ich in die Kasse greife ...

Da, guck sie dir an die Groschen! Aber du verrätst mich nicht ... ist das klar?

Aber die Körperwärme, ist die denn so groß?

Die ist, wenn du willst, dass sie so groß ist, wenn du das hundertprozentig willst, dann ist sie auch so groß.

Verstehst du, wie ich das meine?

Ja, ich verstehe.

BÄH!

Deine Körperwärme, die ist noch nicht groß genug. Aber das macht nichts, du hast es, wenigstens hast du es versucht … Komm! Wir müssen weiter.

Weißt du, dass man Schwefel-wasserstoff aus Eisensulfid und Salzsäure herstellt und Eisensulfid nichts anderes ist als ein Gemisch aus Eisenpulver und Schwefelpulver, das erhitzt werden muss, um zu Eisensulfid zu werden.

Dieser Schwefelwasserstoff ist zwar ziemlich giftig, aber gleichzeitig gut für die Blutdruckregelung.

28

29

Die Züge ... die fahren doch nicht nach Frankreich oder Spanien ...

Vielleicht ja doch?

Später ...

Na, willst 'ne Brause?

?

Wenn ich weiter so qualme, mach ich nicht mehr lange. Komm her, hol sie dir ab. Bin nicht mehr so gut auf 'n Beinen.

Hab ihn alleine großgezogen. Aber meinst du, er dankt mir das?

Ich werd dir sagen, wo er ist: Er ist bei seiner Oma. Der alten Serrini. Die Mutter seiner Mutter.

Das Komische ist: Ich werd nur besoffen, wenn ich besoffen werden will.

Kapierst du das? ... Kannst du mir mal helfen? Ich brauch 'ne Kiste Goldbrand aus'm Keller.

Links lang ... drei Schritte, dann rechts.

Noch eine.

32

Hat dich die alte Serrini endlich weggelassen?

Sie möchte nichts sehnlicher als sterben. Doch das kann sie nicht. Solange du noch lebst, kann sie nicht sterben, solange nicht.

So, und nun geh. Mit deinem Lohn.

33

Nachts. Markus wälzt sich in seinem Bett, er kann nicht schlafen.

HAHA! JA!

KLIRR

HAHA

Bahndamm-Eck

HAHA!

SCHEPPER

PROST

Markus betritt ein Geschäft …

Am nächsten Tag …

… und wechselt dort den Zehnmarkschein von Nilowskys Vater. Der Verkäufer gibt ihm dafür ein Paar Rollen mit Groschen.

Was willst du hier?

Von deinem Vater, das Geld …

Hab ich eingetauscht. Alles in Groschen. Die können wir auf die Schienen legen …

Das ist ein guter Vorschlag, ist das. Aber noch besser: Wir spenden es. Für die Revolution in Mozambique, für die spenden wir es.

Sieg FRELIMO, Tod den Imperialisten!

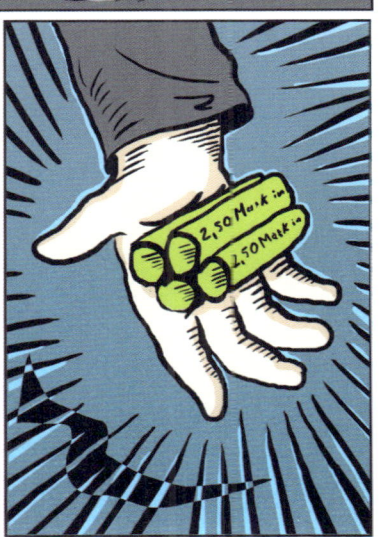

44

Das Thermometer zeigt tatsächlich drei Grad mehr an
als an den anderen Orten.

Wumms!!

Schön, dass du gekommen bist. Kannst mir gleich mal helfen.

N'Abend, mein Junge, und herzliches Beileid.

Der war ja noch gar nicht alt, im Grunde genommen … Scheiße aber auch!

'N Bierchen wär jetzt nicht schlecht.

Lass mal, Junge. Du musst trauern. Ich zapf uns mal 'n Frisches.

Na komm, eins ist keins. Der Alte sieht's ja nicht mehr.

Und du?

Irgendwann ist immer das erste Mal, oder?

Von wegen das erste Mal.

Wir haben gehört, hier ist 'ne kleine Gedenkfeier.

Wally … Meine Güte war er auf die scharf …

„Meine Mutter war gekommen und dann auch noch Carola. Ich konnte es nicht fassen."

Morgen muss ich zu meiner Oma, muss ich. Endlich kann sie sterben. Erlöst, weil er tot ist, endlich.

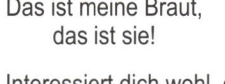

Das ist meine Braut, das ist sie!

Interessiert dich wohl, oder?

Wer war das eben?

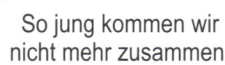

So jung kommen wir nicht mehr zusammen.

Nein, wieso?

Es war einmal ein treuer Husar, der liebte sein Mädel ein ganzes Jahr, ein ganzes Jahr und noch viel mehr, die Liiiiebe nahaahm kein Ende mehr ...

Es war einmal ein treuer Husar, der liebte sein Mädel ein ganzes Jahr, ein ganzes Jahr und noch viel mehr, die Liiiiebe nahaahm kein Ende mehr ...

Steck weg! Lies zu Hause! Aber allein.

Später in Markus Zimmer ...

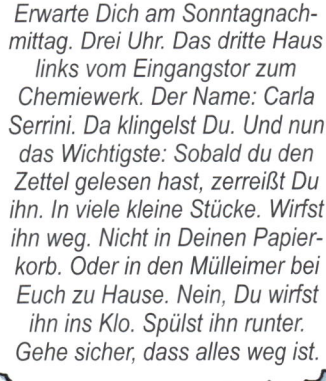

Erwarte Dich am Sonntagnachmittag. Drei Uhr. Das dritte Haus links vom Eingangstor zum Chemiewerk. Der Name: Carla Serrini. Da klingelst Du. Und nun das Wichtigste: Sobald du den Zettel gelesen hast, zerreißt Du ihn. In viele kleine Stücke. Wirfst ihn weg. Nicht in Deinen Papierkorb. Oder in den Mülleimer bei Euch zu Hause. Nein, Du wirfst ihn ins Klo. Spülst ihn runter. Gehe sicher, dass alles weg ist.

Nun hab dich nicht so. Er wird schon nicht gleich Alkoholiker, wenn er mal 'n Bier trinkt.

Und wenn's nicht nur eins war?

Wird er trotzdem kein Alkoholiker.

Lasst euch's schmecken. Alles nach deinem Wunsch, Reiner.

Wenn du nicht schneller isst, mach ich mich über deine Portion her, so schnell kannst du gar nicht gucken.

Schmeckt's dir etwa nicht? Gibt ja so was: Geschmacksnerven ruiniert, durch Schwefelabgase.

Ups, in einer Kirsche war noch 'n Kern. Den hab ich verschluckt. Oh je, oh je, oh Mann, oh Mann.

54

Hast du gehört, wie sie redet? „Habe die Ehre, meine Herren." Und soll ich dir sagen, von wem sie das hat? Das hat sie von meiner Oma. Oma Serrini, die ist ihre Nachbarin. Pass auf, ich erzähl dir, was meiner Oma passiert ist …

Meine Oma, die glaubt daran, dass sich die Toten, nicht lange nachdem sie gestorben sind, dass die sich melden bei den Lebenden, bei bestimmten, ausgewählten Lebenden … Und ausgerechnet mein Alter, der hat sich gemeldet bei ihr, eine Nacht nachdem er tot war … Sie hörte das Wasser laufen, kam aus ihrem Schlafzimmer.

Na, du alte Hexe, jetzt kannst du endlich sterben, na los, ab in die Grube.

Meine Oma, die war so angeekelt, dass sie … immer noch nicht, obwohl sie's sich so sehr wünscht, immer noch nicht sterben konnte.

Liebe Gäste, unser einziger Hinterbliebener, Reiner Nilowsky, hat sich das Lieblingslied seiner Mutter gewünscht, Maria Nilowsky, geborene Serrini, die uns leider schon vor vierzehn Jahren verlassen hat. Mit diesem Lied soll ihr Geist über uns schweben und unter uns sein, während wir einträchtig und demütig lauschen.

Ähem...

♫ Am Brunnen vor dem Tore,
Da steht ein Lindenbaum:
Ich träumt' in seinem Schatten
So manchen süßen Traum. ♪

♪ Ich schnitt in seine Rinde
So manches liebes Wort:
Es zog in Freud und Leide
Zu ihm mich immerfort. ♫

In diesem Moment stirbt Carla Serrini – wie vom Schlag getroffen.

Sie hat's geschafft!

Einige Tage darauf wird auch Carla Serrini beigesetzt.

Deine Mutter, wie geht ihr?

Gut.

Schade, dass nicht hier … Schmuck sieht aus, deine Mutter. Sehr schmuck …

Ich meine. Schöne Haare. Schön hoch.

„Auf einmal nahm
Nilowsky Carolas Hand."

„Als er zu weinen anfing, zog sie die Hand zurück."

Später ...

WOMM!

ARRRR!

Ich wünsche, sie machen ihm
die Hölle heiß, da oben, im
Himmel oder sonst wo, das
wünsche ich. Dass er nie
Ruhe hat! Und dass er leiden
muss, wie sie gelitten haben.
Meine Oma. Und meine Mut-
ter, unter ihm. Nie Ruhe!

65

66

Drei Wochen später.

Bahndamm-Eck?

Mach die Tür zu!

68

Setz dich!

Hast du … deinen Vater …?

Pass auf, ich sag dir was. Kannst du dichthalten, kannst du?

Hatte mir Salzsäure besorgen lassen, von Roberto, in einem Fläschchen …

Hab gewartet. Bis er mal pinkeln geht.

Mich kriegst du nicht so einfach weg. B
zäh. Was bleibt mir auch anderes übrig

„Tränen in den Augen hatte er. Tränen hatte ich bei ihm noch nie gesehen. Tat mir auf einmal leid, die Drecksau."

Du Vollidiot! Liebst mich eben doch. Kannst mich nicht umbringen!

Fass mich nicht an!

70

Später liegt Markus im Bett. Er kann nicht schlafen. Da hört er plötzlich Tauben gurren.

Aber …

Das kann nicht wahr sein.

Jetzt ist er wieder weg.

Markus wendet sich irritiert vom Fenster ab. Nichts mehr da, kein Vater, keine Tauben.

Am nächsten Tag …

73

74

75

Würdest du einen Mörder heiraten?

Einen Mörder würde ich nicht heiraten.

Na siehst du. Außerdem: Ich würde ja … mit ihm zusammen sein. Aber nur platonisch. Absolut platonisch. So ist das bei mir. So und nicht anders!

Ich zieh ins Internat Nur meine blöden Eltern wissen, wo das ist. Aber die halten dicht … Und keine Bange, ich meld mich bei dir. Musst nur Geduld haben.

Später …

… zu Hause bei Markus.

Platonisch: geistig-seelisch, unsinnlich, unkonkret, zu nichts verpflichtend …

KLACK

78

81

„Nilowsky war weg.
Carola war weg."

„Zuerst hatte ich mir Mühe gegeben, nicht mehr so oft an die beiden zu denken."

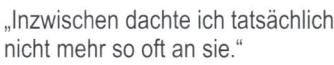

NILOWSKY

„Inzwischen dachte ich tatsächlich nicht mehr so oft an sie."

„Doch dann kam Roberto …"

Roberto!

Na? Will nicht stören.

Störst nicht.

Hab was für dich … Schön Brief.

An Markus
von
Reiner Nilowsky

Komm, sofort, bitte, komm!

Brauche dich. Bist der Einzige, der mir helfen kann, bist du.

Wenn deine Frisur weiterwächst, müssen wir bald 'n Gerüst rum-bauen, damit sie nicht umkippt.

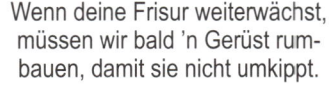

Was ist mit dir? Wie kann ich dir helfen?

Karl Marx hat gesagt, Geld ist die dialektische Ursache für die Entfremdung des Menschen von seiner Produktionsweise.

Und Lenin hat gesagt, wenn die Weltrevolution anbricht, wird das Geld hinweggefegt von den revolutionären Massen.

Hast du Carola mal wieder getroffen?

Nein.

Bis du dir sicher, dass du dir sicher bist?

Sie ist deine Braut.

Was hat das damit zu tun? Auf Carola! Auf die revolutionäre Situation mit Carola. Das heißt, sie ist die herrschende Klasse, die ihre Herrschaft nicht mehr aufrechterhalten *kann*, wenn ich mein Unterdrückt-Sein nicht mehr aufrechterhalten *will*.

Seitdem sie in dem Internat ist, hab ich sie nicht mehr gesehen. Ihre blöden Eltern sagen, das Internat gehöre zur Baumschule, in der sie lernt. Aber wo die Baumschule ist, das sagen sie nicht, die Blödiane.

Komm mit, schnell!

BÄHH

KRRRK..

Sie ist es nicht. Nur ihre Eltern. Guck sie dir an.

Die ist doch garantiert zwölf Mal so schwer wie Carola. Oder zwanzig Mal.

Carola ist so dünn, weil sie nicht so sein will wie ihre Mutter. Anders … anders kann ich mir das auch nicht erklären.

99

Rein mit dir.

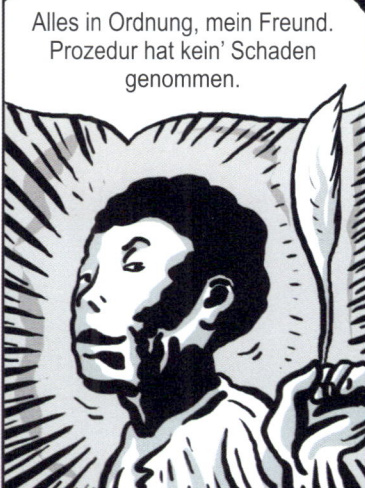

106

Ist vollendet.

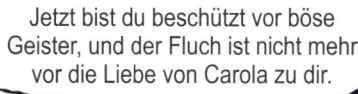

Jetzt bist du beschützt vor böse Geister, und der Fluch ist nicht mehr vor die Liebe von Carola zu dir.

Du musst es machen. Das Fläschchen ständig bei dir tragen.

Genau. Nur du.

Wenn du Carola siehst, du musst sie bestreichen mit einem bisschen Blut, musst du. Irgendwo. Ist egal, wo. Aber sie darf es nicht bemerken. Wenn sie nichts merkt, ist das Platonische besiegt, das ist es, und wir werden mit Liebe heiraten.

Aber nicht alles von die Blut. Ein bisschen musst du aufheben. Für deine Mutter. Für Liebe zu mich.

Aber wie … wie soll ich sie sehen?

Deine Mutter mit dir wohnt.

Aber nicht Carola.

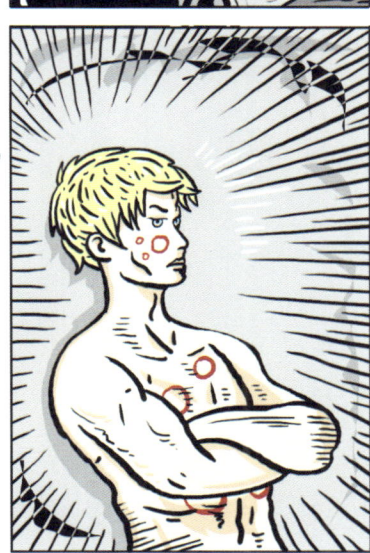

Du musst dran glauben, dass sie sich bei dir meldet. Ich tu's ja auch, dran glauben.

Nicht für Prozedur für Liebe. Für FRELIMO und Revolution.

Wudu hilft nur, wenn am Ende alles wieder sauber ist.

Was meinst du? Du würdest doch nichts meinen, wenn es gar nichts wäre. Na los, sag!

Er … ich meine …

Er hat ihn nicht ermordet. So hat mir's Reiner gesagt. Er wollte es tun, aber … er hat es nicht geschafft.

Wie? Wer hat denn den Alten sonst umgebracht? Er sich vielleicht noch selber, oder wie?

NILOWSKY

Ja. Genau. Er hat so viel gesoffen, dass er tot umgefallen ist. Hat Reiner gesagt. Er *wollte* tot umfallen.

Mann oh Mann, und das glaubst du? Du Ärmster.

Normalerweise dürfte *ich* niemals hier landen, denn wer stirbt schon mit dreizehn? Ziemlich unwahrscheinlich. Logisch, oder? Alle, die ich kenne und die hier irgendwann liegen werden, werde ich also immer gießen. Auch Reiner. Und auch dich, mein Lieber, auch dich. Das ist *meine* Art zu heiraten.

Komm erst mal rein.

Prost. Das ist mein letzter Tag hier, endlich, allerletzter Tag.

Keine Ahnung, ob die Kneipe irgendwann mal einer mietet. Ist mir auch egal.

Später, bei Markus zu Hause …

Von wem hast du eigentlich die Pralinen?

Hat mir Markus mitgebracht.

Aha, Markus bringt dir Pralinen mit. Hätt'st mir doch was abgeben können.

Bitte, reg dich doch nicht auf.

Nicht aufregen … Du poussierst mit den Negern rum, diesem Roberto … und ich soll mich nicht aufregen?

Du sollst nicht Neger sagen. Das ist ein Schimpfwort, das will ich nicht hören …

Ach, das willst du nicht hören. Weißt du, was ich nicht will? Ich will nicht, dass du mit irgend- welchen Negern rummachst.

Ich hab nicht rumge-
macht … Und du sollst
nicht Neger sagen.

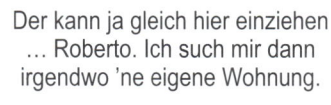

Der kann ja gleich hier einziehen
… Roberto. Ich such mir dann
irgendwo 'ne eigene Wohnung.

Was machst du denn da?

Was ist das denn? Hast du
dich verletzt? Hast du wieder
Alkohol getrunken?

Nein.

Ja.

Nachts …

Sag endlich Vater zu ihm.
Oder ist das so schlimm?

121

Im Lehrerzimmer der Schule …

Die Genossen Worgitzke, die Eltern von Carola Worgitzke, haben Reiner Nilowsky angezeigt. Seitdem ist er weg. Wir könnten uns vorstellen, dass du weißt, wo er steckt.

Nein. Wüsste ich auch gern.

Bist du dir sicher?

Dass ich es auch gern wüsste? Ja, bin ich mir sicher.

'tschuldigung. So meinte ich's nicht.

Dieser Nilowsky wollte von der Genossin Worgitzke wissen, wo sich ihre Tochter Carola aufhält. Als sie ihm die Auskunft verwehrte, hat er sie sexuell belästigt.

Das kann nicht sein. Reiner liebt die Tochter. Die Mutter findet er eklig.

Vielleicht ist er scharf auf das Ek ige.

Nein. Ist er nicht.

Außerdem hat er sich trotz mehrfacher Aufforderung noch nicht auf dem Polizeirevier gemeldet. Geschweige denn, dass er sich eine Arbeitsstelle besorgt hätte. Oder einen Ausbildungsplatz, zum Beispiel im Chemiewerk …

Erzählen Sie mal von der Tochter. Was ist eigentlich mit der? Die will doch nichts von ihm, oder?

Doch … Aber nur platonisch. Aber Reiner liebt sie so sehr … deshalb hat er's sogar mit Voodoo versucht.

Voodoo …

Ja. Das machen die Mozambiquaner. Ausm Chemiewerk. Die Revolutionäre. Für die ist aber Gott noch größer als Lenin.

Kann ich doch nichts dafür, dass dein Voodoo nicht funktioniert. Wo ist Reiner? Die Polizei sucht ihn.

Weil Konterrevolutionär ... deshalb sucht Polizei. Hat Genossin von Partei beleidigt Meldet sich nicht bei Polizei.

Du bist Konterrevolutionär.

Streitet euch nicht. Wenn du ihn siehst, erklär ihm, dass er sich bei der Polizei melden soll. Das ist für alle das Beste.

Ein Mann muss akzeptieren, wenn eine Frau nicht mit ihm will. Außerdem So was wie Carola findet er noch hundert Mal. Große Klappe, aber nix auf die Rippen.

Wir wollen keinen Ärger mit der Polizei. Wir wollen nicht, dass uns hier irgendjemand die Hölle heiß macht. Sag ihm das.

Hast du gut gemacht, hast du. Roberto ... Konterrevolutionär.

Die suchen dich. Polizei. Alle …

Wer sucht, der findet. Aber nicht mich. Bin verkleidet, oder bin ich das nicht?

Vor paar Tagen war ich aufm Bahndamm. Auf einmal war Carola neben mir. Kompliment, sagte sie, dass du dich von der blöden Polizei nicht fangen lässt. Und ich?

Fragte nach dem Blut, an ihren Schultern, fragte ich. Und sie: Hä, was für Blut? Nie und nimmer hatte sie Blut an ihren Schultern.

Sie durfte doch nichts bemerken … von dem Blut, durfte …

Verarsch mich nicht!

Gut, dass du's nicht gemacht hast.

Der Alte, der lebt noch. Der spukt rum. Verstehst du?! Und einmal, da seh ich ihn, und da sagt er: Hast es nicht geschafft, mich umzubringen. Du Schlappschwanz. Musst ich selber machen. Aber wer's selber macht, ist nicht tot. Nie tot ist der. Untot.

Wirst mich nicht los. Untot. Nie tot. Hahaha …

HAHAHA

Mitternacht. Friedhof. Grab von meinem Vater. Komm! Bitte!

Reiner, meld dich
bei der Polizei …

Mach schon!

Der ist nicht verbrannt, ist der nicht …
In der Urne liegen seine Leichenteile,
die liegen in der Urne und
senden Strahlen aus.

Deshalb mach ich nachts kein Auge zu. Wegen dem seinen Strahlen

Verbrannt. Alles weg … Oder: woanders vergraben.

Das ist doch Quatsch. Strahlen … Geh doch zur Polizei. Du machst alles nur noch schlimmer.

Pass auf, ich geb dir einen Vertrauens-beweis. Ich zeig dir, wo ich wohne. Mein Versteck. Komm mit, folge mir!

Am Grab von Carla und Maria Serrini …

Komm!

Die Gruft steht seit Jahrhunderten leer.

Jetzt ist sie meine Wohnung, ist sie.

Wenn sie mich nicht will, Carola, im Leben nicht will, heiraten und Kinder kriegen, dann eben nicht im Leben.

Kein Wort zu Carola. Kein Wort zu niemandem!

Lass mich ... in Ruhe! Kann dir nicht helfen. Bist verrückt, bist du.

Die Kneipe ist verkauft worden. Soll wieder aufgemacht werden. die haben's richtig eilig. Muss sogar in der Nacht ran.

Räum mal die toten Tauben weg.

Am nächsten Tag.

Du hast Besuch. Carola …

Stück Kuchen?

Na?

Eine gesellschaftliche Situation ist dann revolutionär, wenn es für die herrschende Klasse unmöglich ist, ihre Herrschaft unverändert aufrecht zu erhalten …

Weißt du, was Reiner denkt? Er denkt, die herrschende Klasse, die ihre Herrschaft nicht mehr aufrechterhalten kann, das bin *ich*. Die Voraussetzung ist, dass er als unterdrückte Klasse seine Unterdrückung nicht mehr aufrechterhalten will. Marxistisch-leninistische Erlösung.

Von Reiner „Iljitsch" Nilowsky.

Ich weiß, dass er das denkt.

Und was denkst du?

Ich merk das gar nicht mehr. Hab mich schon dran gewöhnt.

Man darf sich eben nie gewöhnen.

Sag ich doch: Bei mir ist nur platonisch.

Tut mir leic.

Ja, wir kommen …
na klar, sofort …

Bei den Mozambiquanern
brennt's.

Komm, leg dich wieder hin.
Wir sind bald zurück.

KLACK!

Bei Nilowskys Versteck.

Hätte nicht gedacht, dass das Feuer so schön ist, hätte ich nicht.

Wenn … wenn das aufs Chemiewerk …

Wenn etwas zugrunde geht, dann soll es, und zwar ganz und gar, das soll es …

Chemiewerk, Häuser, Natur, alles …

Wie war es, als du Carola geküsst hast?

Wie war das?!

147

Der Tag bricht an. Markus erwacht in einem Gebüsch. Er friert und zittert.

Die Baracke ist nicht mehr.

Trink erst mal 'n Schluck. Man soll anfangen, wo man aufgehört hat, soll man.

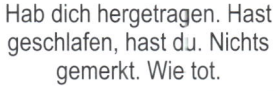
Hab dich hergetragen. Hast geschlafen, hast du. Nichts gemerkt. Wie tot.

Jetzt kannst du es machen. Musst es machen. Wenn du nicht nur 'n Verräter, sondern auch ein Freund bist.

Was?

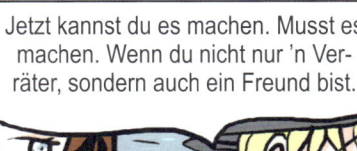

Mich loswerden. Damit du wieder frei bist.

Wenn etwas zugrunde geht … dann soll es gehen, das soll es … Du musst es machen … Na los!

Weil ich's nicht selber darf. Sonst bin ich zwar tot, lebe aber trotzdem.

Und muss dich quälen, muss ich. Folge mir, folge mir.

Die Qual hat aber ein Ende. Jetzt, hat sie. Bist du bereit?

Ich hab's getan, mein Gott, ich …
hab, hab's getan …

Ende.

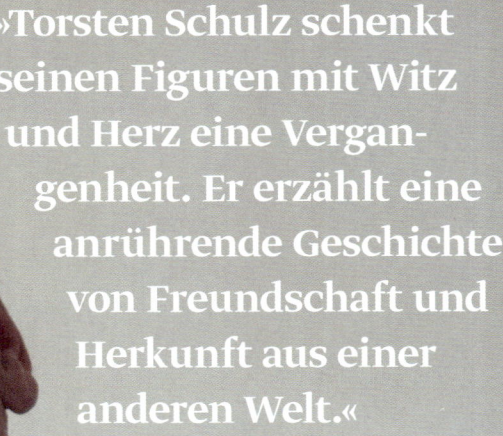